Terrarium

テラリウム

〜僕たちは半永久の
かなしさとなる〜

栗原 寛歌集

短歌研究社

*

目次

Terrarium

テラリウム

〜僕たちは半永久のかなしさとなる〜

路線図

わが地図がみづうみとなるひとところ Perrier の壜を透かすひかりに

舞ひきたる花びらを手のひらにのせしばらくをゆく庭園の昼

花柄のシャツを着る胸のあたりには咲くことのなきつぼみがひとつ

ひとに伝へるすべなくつもる　わがうちに春の潮がつくる葛藤

白きノートが汚れてしまふ文章にならぬ断片ちりばめられて

となりにゐてもきみは遠くて工場の平たくつづく春の路線図

はなかがり

白鍵をやみくもに弾くごとくにもさくら卯月の昼をひらめく

水鏡にうつれるさくらふたひらがひとひらとなる瞬を見てゐつ

風にゆれるさくらの花はわがうちのさざなみとして今夜《こよひ》歩ける

波だてるこころあらはに花篝ひるがへりたりはらはらと夜に

花篝燃えあがりたり夜の更けて熱《ほて》りやまざるひともさくらも

しづめがたきこころそのまま花のなす闇にからだをひたしてゆけり

しづかにひらく

うすあをくそまりゆきたり苧環《をだまき》のしづかにひらく朝を醒めゐて

新しき靴を履くときあをぞらはきみが生まれたその朝のいろ

百合の花にすひこまれゆく頬杖をつきゐるのみに過ぎたる時間

雨のにほひに夏のまじり来るたたずめばみづゆたかなる皐月の真中

花の名を知りたるゆゑに

地下街に雨のにほひをつれてゆく濡れたる傘を右手に提げて

八重咲きのさくらやまぶきゆたゆたと季節が厚み増しゆくほどに

街なかにあふれてゐたり花の名を知りたるゆゑにその花さはに

アガパンサスのかたはらすぎてあをき羽根まなうらのくらき空に散らばす

はかなき性を捨てられずをりひとり伏しまなうらのきみを愛するときに

あかるい月が照らしてしまふ抱いても、気づいてさへもならぬこころを

いつかの夏を

きみが汗ぬぐへるさまを見てをりし夏のさくらの樹下のおもひで

まなうらにいつかの夏をひからせてたゆたひやすき午後のこころは

うつしみに届かざるゆめもし僕がヴィオロンを弾けたらといふゆめ

はなみづき花を散らせり夏の間を深きみどりとして過ごすため

大けやきにもたれかかればわが息が溶け込みてゆく樹液のなかに

樹皮にふれるわがゆびさきを這ひてゆく蟻のいのちをしばし見つめる

すずらんの鳴らせる音色さらさらとすずしかるべしきみの窓辺は

手のひらに見つめてをりぬ花の季のみじかきをまたそのはかなきを

ガードレール

腕時計ひかりをかへしいつのまにか半袖ばかり着てをれば初夏

夏の公孫樹の下に憩へり今ここに好きでゐることだけ許されて

目をとぢてよりかかりたる樹の下にいちばんだいじなものあたためる

青年のながき脛やうやくあらはれて渋谷に夏のひかり溢れる

小説の主人公みたいな恰好でしなだれかかるガードレールに

嘘のためまた嘘をつく喉笛がコーラ飲み干すときうごきだす

吊革につかまるきみの袖口にのぞけるけふのうすくらやみは

気づかれぬ程度に肌を修正し証明写真のわがうすわらひ

ほんたうのおもひはいづこ十年前に撮りし写真の夏のほほゑみ

日焼けした腕に気づきぬ山枇杷の実のほんのりと色づけるころ

あらはなる季節のはざまジャケットはこころをかくす道具のやうに

魚めく肌

炎熱につむれるまなこゆつくりと秒針が刻むわれと真昼を

わがうちに宿らぬもののいくつかをかぞへてゆけばむなしこの夏

スコールに魚となりてわがからだ銀河の果てを泳ぎはじめる

みづから抱きしめてをりゆふだちへさらすからだの魚《うを》めく肌《はだへ》

ひたすらに見つめてゐるに雨音が波紋をゑがくその白き壁

自転車は乗り捨てられてくさむらの月夜みどりの帯にまかれつ

月のもと待ちわびてをり廃船に一夜を過ごす夢のをはりを

Oscar Wilde

ダグラスと逢ひしワイルドの齢《よはひ》とはなりてほろ苦き酒飲みくだす

みづからの心みづからはかりかね見てゐるだけの写真一葉

癖のつよき髪をゆびにて梳きゆくにわだかまる僕の言へざりしこと
色褪せてゆくわが空にあらはれて彼らひかりのつぶて投げかく
雨の夜に漂ひきたる香水につつまる荒き愛撫のごとく

触れたくても触れられぬシャツの襟もとに視線を這はすのみにて今夜

あざやかにわがうちにゐてジーンズの細長き脚歩みだしたり

秘めてゐること少しだけつらき夜にきみの好めるウィスキー飲む

ゆれやまぬ街

この朝ににほひ満ちをりカサブランカのきのふはつぼみなりしひともと

行く先の変更になる急行に壊れはじめつ今日のひと日が

みづからを連れ出せずをり昼白き現実すれすれのながき夢から

蠢きてゐるひとの口イヤホンをはめて世界がひとつ遠のく

Vネックのシャツにサングラスひつかけてゆふがたの街の熱しづまらず

なかぞらを見つめてをればくれなづみ中央線がけふも遅れる

ゆきちがふ人びとゆれてゆれやまぬ街ときとして両性具有

見下ろしてゐる雑踏のそのなかのひとりとしてのわれを見つける

押し込まれては物となり吐き出されては人となり改札を出づ

胸もとに風おくりこむわれならぬわれを演じて更けてゆく夜は

のちの空白

たからものきみから奪ふ　手のり鸚哥が飛べないやうに切り落とす羽根

許されるやさしさと許されぬやさしさとふたつながらにゆびとくちびる

はや足にすすんでしまふ夜なればきみの上着の裾をひつぱる

走り去るうしろすがたに僕の手はふりほどかれてのちの空白

この夜を閉ざさむとする改札のむかうにきみの走り去る見て

もう傘はささなくていい帰るだけの道に濡らさむからだ投げ出す

さういへば雨のマークのありしこと歩道の花もわれも濡れつつ

夜の雨をまなうらに聞きわがねむるベッドいつしか舟となりたり

うつつより離れて空の鳥と越えるかるがると日付変更線を

晩夏

ひとつ多くボタンはづせる制服の胸もとよりか翳りてゆけり

汗ばめるからだものうくなかぞらを見つめるほかになき夏の午後

舌のうへとろりと冷やしわがうちにヴァニラアイスが溶けこみてゆく

季節はづれの林檎を剝きてうちがはを見せ合ひてゐるゆふぐれのとき

野性にはあまりにとほくけふひとひ包まれてゐし布を剝《は》ぎたり

ほのあかく額に刻み込まれたるつよき陽ざしの跡にふれゐつ

ゆびさきを海にひたしてゐるのみにさしかかりたりいつか晩夏に

当然のやうにリセットボタン押して分岐点よりやりなほす夏

僕ら絶滅する日のために

かはりつつあるわがからだ素裸にうつる鏡の胸もとを見つ

湯あがりの湯気ゆれてゐて佇ちをれば僕のすべてを見てゐる鏡

つらつらとどこかで聞いたことのある言葉重ねるだけで今夜は

布にかくれてゐたるうちがはわが夜をつつまんとしてあらはれ出たる

吹き寄せられた砂のやうにも部屋の隅に脱ぎたる服は重なりてをり

かくしとほせぬ思ひのありてさらけだす傷口を夜のベッドのうへに

のどぼとけに視線をむけるきららかなきみの歓喜のうたをききたく

くりかへしくりかへし愛はささやかかむ僕ら絶滅する日のために

まなうらに聴きゐるきみのこゑの色あをき氷河とこよひの月夜

月の夜をしとど濡らせり眠りゐる睫毛のおくの深きみづうみ

どこまでを本当としてこの夜のこころはわれのゆびにそはせる

オルゴール

こときれし日のそのままにわが部屋にわれ以外見ぬ壁掛け時計

天使とはとほく離れて鳥に手のなきこと人に羽のなきこと

肩甲骨は羽のなごりといふからにピアノ弾きをりこよひ地上に

存在を忘れてをりしオルゴール音を鳴らしつ午後ふとひとつ

書架の奥に眠れるばかりこの生にきつと読み切れぬ文学全集

硝子いちまい隔てるのみのうちとそとネオンテトラとわれの目の合ふ

きみのゆびに触れたき思ひかくせずにゐて涯のなき夜となりたり

この夜もひとり眠らむ何者にもなれぬ四肢ゆゑ投げ出しながら

カクテル

ゆふぐれは迫り来りてひとときを幸せにするためだけの嘘
なるやうにしかならずわがゆふがたのからだは夜にすべりゆきたり

ゆふやみの一足手前たたずめば空の傷口のやうにゆふやけ

秋の夜の嘘ははかなく人ひとり騙しおほせて光るカクテル

雑踏に花びらひとつあかあかといづれふみしだかれてゆくため

街路樹は眠りはじめつぼんやりと夜の深まる速度に合はせ
目つむりて聞きゐる深夜タクシーのラジオに誰か問はず語りす
鼻歌を路地裏に響きわたらせてねしづまる人の夢から逃げる

回転扉

ひとりゐる時の分だけ濡れてゆき紙のコースターの絵がゆがみたり

星めぐりの歌うたひつつ新宿の夜の二丁目の宇宙めきくる

太陽をからだのうちに沁みこませインドの赤き酒飲み干せり

こちらがはにあらざりし色回転扉をくぐりぬけくる人らまとへる

こちらがはあちらがはなど考へてカウンターより見てゐる景色

つよきまなこに射られてこころざわめくを留《とど》めかねゐるカウンター越し

一列の隅と隅とにわだかまり他人のふりをしてゐる時間

こひびとの話聞かされてゐる隣（ほんたうは冷たい僕の手のひら）

氷ひとつ音を立てたりはんぶんは眠れるままにゐるカウンター

コースターもてあそびつつアマレットジンジャーにひとりの時間を溶かす

白ワインに氷を入れて飲むことをおぼえてよりの涼しき時間

非常階段

少年の聖域となるイヤホンの片耳づつに聴くJ-POP

非常階段に出できて煙草くはへればば見えるかきみの見てゐた街が

ソファのうへに身を投げ出してつむりゐる夢との境ラジオ鳴り出づ

窓のそとに降る雨の音いつしかにわがうちに降る雨となりたり

種のなき果実かなしもこの世にて子を生すことのなきわが葡萄

幼年はそこよりひらく木苺をつみにゆきたる遅き午後の陽

ゆめのうちに脱ぎ捨てたればゆめのうちにかの日のシャツはとぢこめられつ

きみの夜、僕の夜

こひびとをいだくやうにもきみの弾くアコースティックギターの音は

うつろなるこころうつして洞《ほら》のある楽器ゆゑきみの抱けるギター

きみの弾くギターにつれてひらけゆく世界に僕の居場所をさがす

きみのうたをくちずさむなり別れきてことばを欲しやまぬ夜には

われもをりきみもまたをりありうべき世界を描く戯曲のなかに

缶コーヒー開ける音してわがこころ冬のさなかに呼び戻されつ

弦より出づる響き深まるきみの夜、僕の夜封じこめられてのち

愛といふものになければど

特急の席に食みをりＢＬＴサンドのＬはLoveにあらねど

愛といふものになけれど気づかないふりをするきみのちひさき嘘に

チョコレート溶けゆくときの舌先のをぐらき闇をきみも持ちゐる

ギターの弦はりつめてゆく誰にでもやさしいきみのやさしくなさに

からまはりしてゐるからだ抱かれて絵空事の愛ばかり歌つて

過去も未来も手に入らない眠りゐるきみの背中に触れてみたつて

抱きしめるほど遠のいてゆくこころ月はこよひもうすく光るに

友達として会へたなら　かひのなきことも思ひてシャワーに流す

飲みさしの赤ワイン朝の卓にありきみのきのふの名残としての

ミゲルの星

桃のやうに腐りつつある真昼間に主の祈りたどたどとくちずさみをり

信仰を持たざるわれの夜の更けに鳴りいづる讃美歌のボーイソプラノ

棄教といふことばするどく降る胸にミゲルの星をさがしあぐねる

さきの世の思ひ出かとも彗星を見あげてゐたる細きおとがひ

さかのぼるひとの歴史のはかなくてナザレの町を踏みしあなうら

ひとびとの祈りさまざまにこもりたる角背の本をそつと閉ぢたり

過去世よりつながる時間　はるかきみが思ひ出させてくれた言葉は

マフラーをくつろげたるに歳晩の星ふところにとびこみてきつ

星あかり地上にそそぎそのかみのものがたりめく蒼き街ゆく

はるかなる星を見あげる二千年前のひかりが照らすこの夜

ひとりなる降誕祭のためつむがれしものがたりこよひ最後のページ

アダムの部屋の空気をすひて見あげるに宇宙のかなたに降るといふ雪

ドッペルゲンガー

最終回はひつそりとくる貝のやうに忘れ去られてきみと僕との

あとづけの理由ほころびゆくときに向き合ふひとと濁る眼球

いつのまにか過ぎてゐる夜のさかひ目に冷えゆくひとりからだをさらす

八分の五拍子にゆれる数寄屋橋より見つめけむ川の濁りは

こなたの岸とあなたの岸と橋の上にたたずめりわがドッペルゲンガー

蒼ざめてをらむたちつくすわがうへへさえざえとして星ふりかかる

わが鬱に太りゆく鯉忘れられたるまま池の底ひに育つ

RPG

冬のあしたにひとり目覚めてRPG《ロールプレイングゲーム》としてのけふがはじまる

起きぬけのウオトカ恋しも雪のやうにひとひこころは露西亜へ飛びつ

冬の空はすきとほりたり青き壜よりふきつけて香水ほのか

すきとほればすきとほるほどつめたくて手に結びたる水のゆらめく

冬のさなかきみの鎖につながれることさへもけふのよろこびとする

雪の予報に鳴りいづるギター三連符のふりつもりゆかむきみの街には

つつまれるわれをゆめみる紺色のきみのコートのひるがへりたり

終電車

蛍光灯ははづされたままうすぐらき地下のホームにこころを屈む

遅れゐる最終を待つホームにて昨日は今日に持ち越しとなる

心おきなく目を閉ぢてゐむ終点が目的地なる終電車にて

ほのかにもぬくみもつ声聞くとなく聞いてゐる隣の席のささやき

深海をただよふわれか改札を抜けて人らの合間ゆくとき

携帯電話の電池はわづか人間としてあるための期限のやうに

僕たちは半永久の

花のかたちひどくくづれていちまいの花びらはわれを離れてゆきぬ

約束ははかなき硝子僕はもう触れないだらうその手のひらに

僕のゐない世界へ行かうとするきみが見てゐるはずの月を見てゐつ

ひとりきり口ずさむ歌この世には宛先のない手紙となりて

少しづつ忘れてゆかう更けゆくに今夜も雪とラジオから声

ＣＤに閉ぢこめられて僕たちは半永久のかなしさとなる

残りの時間

冬のけだるき日をやりすごすテーブルのうへの檸檬にくちびるよせて

耳ざはりよき言葉のみ集めたる歌に倦み倦みて聴くチェロソナタ

ゆふぐれてひとりの茶房たれとゐてもいづこにゐてもなじまぬ身体

珈琲にはふりこみたる角砂糖溶けてゆくわがなづきのうちに

彼のことわすれたやうにきみのことわすれるやうに季節さざめく

珈琲の冷めてゆくなり万年筆のインクの滲みだすやうな夜

黒きインクの残りの時間ペン先にしたたらすわが残りの時間

香水を一滴たらす枕もとせめてたのしき夢を見たくて

手紙

ひとりなる夜が湿らすきみをまだ離れられずにゐるゆびさきを

こころのみ取り残されてくちびるを交はししこともいまはむかしの

腐りゆく時間思へり書き出せぬ手紙をけふもかたすみに置き

わかりきつてゐるせつなさの正体は飼ひ殺さむか胸のふかみに

ひとひ動かぬ心かたくな見つめゐる鏡のなかに答へなどなく

上半身のみうつりゐれば下半身は馬にても山羊にても知る由はなし

鏡のなかに目と目とをそつと合はせたらふりだしにもどる僕の今夜は

雨をピアノに

朝の夢にあらはれてよこたはりゐるわれのからだをわれが見てをり

ため息は昼を浸して流れゐるラジオの音のとほざかりゆく

いづこより流れるピアノ風のなかにとけこみてわが耳まで届く

きみはただ目を閉ぢてをりやはらかに降る雨をピアノの音にかへたら

五線譜にのりたることばからみあふ思ひのやうにフーガ流れいづ

くりかへし弾きゐるハノンわれに手のあることわれが忘れるまでに

くらき影まただきはじむ羅甸語を訳してゆけばひとり真夜中

冬の銀河

めばえたる嘘はぐくみてひとを待つあひだひとりの心音くらし

わがものにあらざるやうにはふり投げライヴハウスにゆられるからだ

ストリングスはるかに聞こえビートルズの手にゆだねたりこよひのわれを

ロッカーに置き去りにせし荷物より物語またひとつはじまる

うしろすがた見送りてのちまなうらに流れてやまず冬の銀河の

ここまでが夢の出来事かがやける星の夜をひとり去りゆかんとす

眠るペンギン

くちびるの見えざることのうるはしくマスクの下にかくす本心

そのうちのひとりといふは忘れはてひとの多さをいぶかしむ午後

サンシャイン水族館の閉館の時よりはやく眠るペンギン

人ひとりいつか離れてゐたることとピアスホールがふさがりてをり

マーガレット一輪ひと夜ひとつづつ僕につまれてしまふ花びら

シャッターはあらかた閉ぢて一歩づつ夜へとからだ進ませてゆく

わかつてはゐてもうごかぬ心ゆゑ遠まはりして帰る坂道

おもひで

陽だまりに歩みとめればきらきらと時は真冬の路上に溜まる

ピーコートのボタンをはづすゆびさきから部屋の空気と同化してゆく

充電のコードつなぐに知恵熱を出したるやうなスマホ撫でをり

こぼれおちる日日の記憶にかがやきてわが手のひらをつつむ手のひら

よく熱を出してゐたことちちははの愛をそれにてはかるやうにも

焼きつけてゆくおもひでは美化されて七つの色をひるがへしをり

消せぬままけふも電話のなかにある逝きにしひとのメールアドレス

戻りこぬ月日はいつもいとほしく手をさしだせば届いてゐた日

好き勝手に生きてゆけばいいいくつものペンを机のうへにちらばす

けふの恋きのふの恋とならべをりベッドのうへにひとり目を閉ぢ

雪の予報

いつまでも眠られぬ夜はららるでい、はららるでいとわれを囃せり
夢にても結ばれることなきわれらまならうらにひと日雪ふりしきる

まなうらにしんしんつもりゆく雪のやうにも眠り深まりてゆく

とほくの山につもる雪よりたしかなる重さにてわが手のひらの羽根

雪のうへにさざんくわ散りてたまゆらのいのち足裏《あうら》にふみしだきたり

きみの手がこぼす結晶しろじろと雪の予報を瞑りつつ聴く

音となり降りくる詩篇かのひとも口ずさみけむことばきらめく

きみの連れくる春と思へりこの思ひのみにて僕は生きてゆかうと

汀

明け方の夢とつながりたるままに猫としてわがからだのばせり

目覚めたるときに見えくる天井の模様にけふのひとひ占ふ

持ち得ざりし春の日のあり踊り場に坐りこみたる彼らのやうな

白昼夢あやふき春のおもひにてわがあしもとにひろがる汀《みぎは》

うす淡きいろに溶けゆくとりかへす術のなき時を思へば春の

春のファインダー

春ゆゑの憂鬱《メランコリィ》のなかにゐて吹き寄せられる花を見てをり

はじめての恋のおもかげひるがへす裾にまきつくちひさき風の

思ひ出さうとしてもおぼろなる春の日の過去となりつつあるひとのこゑ

もう何も覚えてゐないきみのこゑもきみの愛せし本の名前も

まぶたのうへを風のゆきたりカーテンの襞それぞれにひかりさす昼

咲きかけのさくらのまへにたたずみてファインダーごしに春がとどまる

誰の手に乗るテラリウム春分けの日に佇むはわれひとりにて

*

あとがき

朔日短歌会の外塚喬代表、宮本永子先生、会員の皆様。
短歌研究社の國兼秀二様、堀山和子様、菊池洋美様、編集部の皆様。
たいへんお世話になりました。この場をお借りして、心よりお礼申し上げます。

*

そして、いつも僕の背中を押してくださる皆様。どうもありがとうございます。

*

今こうしている場所も、何か大きな存在の手のひらにのるテラリウムなのかもしれない、という思いも生まれてきました。見えない力に動かされながら、これからもさまざまな「歌」に関わっていけたらと、思っています。

2018年のはじまる日に

栗原　寛

ガラスの器などに、「テラ」(Terra = 大地、地球)がつくられていく、テラリウム(Terrarium)。

そこに生れるひとつひとつの空間は、「世界のかけら」とも言えるでしょうか。

＊

僕にとって短歌をつくることは、あいまいな自分自身の「輪郭線」を描いていくこと、とでも言うべき感覚がありましたが、現実の断片を集めて、ごく小さな「テラリウム」を作っていくこと、最近はそんなふうにも思うようになりました。

＊

2012年から2017年に生まれた短歌から247首を選び、ゆるやかな流れをつくれたらと思って編みました。『月と自転車』、『窓よりゆめを、ひかりの庭を』につづく、三冊目の歌集となります。

＊

略歴

1979年　東京都生まれ

1997年　朔日短歌会入会

2001年　早稲田大学第一文学部卒業

著書

歌集『月と自転車』本阿弥書店　2005年

歌集『窓よりゆめを、ひかりの庭を』短歌研究社　2011年

女声合唱とピアノのための『あなたへのうた』、『みらいのうた』音楽之友社　　　　（大藤史作曲、高橋直誠編曲）

女声合唱による4つのポップス『栗鼠も、きっと』音楽之友社（信長貴富作曲）

『さいはひはここに～祝婚三首～』（同声、混声）パナムジカ（田中達也作曲）

混声合唱とピアノのための『いのちの朝に』カワイ出版（相澤直人作曲）

検印
省略

朔日叢書第一〇四篇
二〇一八（平成三十）年四月十八日　印刷発行

歌集　Terrarium　テラリウム
～僕たちは半永久のかなしさとなる～

定価　本体二五〇〇円
（税別）

著者　栗《くり》原《はら》寛《ひろし》
郵便番号一七一―〇〇二一
東京都豊島区西池袋五―二四―一五

発行者　國兼秀二
発行所　短歌研究社
郵便番号一一二―〇〇一三
東京都文京区音羽一―一七―一四　音羽YKビル
電話〇三（三九四四）四八二二・四八三三
振替〇〇一九〇―九―二四三七五番
印刷者　豊国印刷
製本者　牧製本

ISBN 978-4-86272-573-8　C0092　¥2500E